Et puis marcher

Bruno BLANZAT

Et puis marcher
Suivi de Songs for Laura

© 2020, Bruno Blanzat

Édition : BoD – Books on Demand

12/14 rond-point des Champs-Élysées, 75008 Paris

Impression : BoD - Books on Demand, Norderstedt, Allemagne

Numéro ISBN 9782322239009

Dépôt légal : octobre 2020

Pour Laura

Piano Man

Je suis né en 1973, entre les notes d'un piano bar, et j'ai continué de flotter autour des gens enfumés. Je suis né de l'autre côté de la mer, plus proche de l'autre même, en exil, je suis le souvenir, la ville rêvée, abandonnée. Je suis né loin du familier, les semelles usées, dans un bar enfumé, et j'ai continué de flotter dans le cœur des gens en volutes mêlées. Je suis né consommé, regretté, remis à plus tard pour une saveur retrouvée, rêvée, oubliée mais désirée. Je suis né là où tout commence et a déjà commencé, entre les visages inconnus de ceux qui portent sur eux l'expérience, le tout vu, le tout aimé, le tout rejeté. Je suis né dans la suspension, entre deux temps bien marqués, dans l'oubli, l'infini, l'infime silence, la résonance qui appelle la suivante. Je suis né dans une montée et descente de clavier, je suis apparu en petites touches, toutes seules, sur fond de silence, pas un bruit de chaise ou de glaçons dans un verre de scotch.

Puis la voix juvénile mais déjà forte, chaque mot pesé, pensé, ancré sur l'instrument qui se suffit à lui-même, avant le sax, avant la batterie, avant le quatuor à cordes qui fait monter plus haut que les gratte-ciel.

Je suis né dans une tonalité et une voix qui monte, je suis né à New York sans y être et n'y être jamais allé. Je suis né dans un état d'esprit.

*

Et j'ai flotté, j'ai entendu derrière moi le reflet de mes mille répétitions. Je suis né dans un éclat, une étincelle, et ont suivi les mille répétitions de mes effets.

Je les ai laissées derrière moi, mes réflexions, et j'ai empli l'air de ma résonance. Elles ont raisonné, j'ai résonné, elles se sont figées sur du vinyle, j'ai embrassé l'air et traversé la mer. Pas celle-là, l'autre. J'ai habité ceux qui m'ont oublié, parti en fumée, pendant plusieurs années.

Puis je me suis posé dans une autre ville.

Matin

Les rideaux mal tirés laissaient passer la lumière pâle qui tombait sur le parquet de la chambre. Du lit on pouvait apercevoir le toit de l'immeuble de l'autre côté de la cour, à gauche quelques feuillages encore verts mais aussi attaqués par le fauve de l'automne. On n'entendait rien d'autre que les bruissements de la couverture sur les deux corps l'un contre l'autre.

Elle dormait encore, ses lèvres entrouvertes laissaient passer un petit souffle tiède sur son épaule, et il aimait ça. Il guettait chaque inspiration et goûtait chaque soupir, il se disait que le bonheur était là et qu'il y avait un sacré trou dans le temps pendant ces moments-là. Il était sur le ventre, en caleçon, le bras gauche sous l'oreiller, l'oreiller sous le menton, le bras droit sur sa cuisse, à elle, en culotte, sur le dos, sa main sur la sienne ou inversement, dans ces cas-là ça compte pas.

Les diodes rouges sur noir du réveil indiquaient 6h02. Dans huit minutes le bip vicieux. De sa main sub-oreillenne il abolit le compte à rebours. Dans neuf minutes ses lèvres se poseront sur les siennes, doucement, elle ronronnera un peu, puis en voyant l'heure elle s'affolera, grognera. Pour une minute de retard. Pour lui, c'était une minute de plus.

It's a hard world

Je suis le genre de type qui ne peut pas sortir d'une maison, d'un immeuble ou d'un train sans s'arrêter sur le seuil. Je ne peux pas sortir de quelque part sans regarder dans un geste lent de la tête vers la droite, puis vers la gauche. Je suis le genre de type qui se tient droit, respire à la limite du soupir, puis engage ses pas.

Je frappe le pavé tous les jours, j'écoute les bavardages incessants. Mais je m'en fous, je respire et je prends la pause. Ce n'est plus le même souffle, ce ne sont plus les mêmes gestes. Un moi supérieur, celui du gars qui s'est fait bouler souvent, qui vit enfermé trop longtemps.

Je suis bâti pour durer, mon pas n'est pas militaire mais prend des airs, surtout l'air de rien mais toujours là. Chacune de mes articulations est consciente d'elle-même, comme ces vieux trains à vapeur quand ils se mettent en branle. Chaque rouage se met consciencieusement en marche, ils le font naturellement et s'en donnent l'air, et donnent l'impression de forcer sans forcer.

J'ai la tête haute, les mains dans les poches, sûr de là où je vais. Je me fais une idée bien singulière de ceux qui sont autour de moi. Je les croise sur leurs trajets quotidiens, instinctifs à force de répéter les mêmes correspondances, les mêmes couloirs de métro, la même main posée sur le même escalator, traître chaque fois qu'il reste statique. Chaque jour. Je me figure comme ils me voient. Je suis celui qui sait où il va, ou qui s'en donne l'air. Souvent je manque la rue dans laquelle je dois passer, la station où je dois m'arrêter. Je fais mine de rien, la bifurcation est indifférente. Alors je prends la suivante, comme si celle-ci ne pouvait être que celle-là. Je fais un grand tour, mais j'atteins mon but à temps.

On me voit passer, pensif, occupé, puis disparaître dans l'inconnu, mes alentours ne sont plus leur espace, c'est là où je vais.

En vérité je ne vis que dans le passage, les autres ne lient pas les parties, pas plus que moi. Désespérément je reconnais la continuité, aucune rupture. Je veux marcher jusqu'à la Lune, mais je n'ai pas trouvé l'escalier.

Le rêve américain

Quand il était au lycée, il rêvait qu'il n'avait pas de famille, pas d'attache, et qu'un jeune couple de new-yorkais le recueillait après avoir atterri loin de la France aux États-Unis. Ils s'appelaient Brenda et Eddy, ils s'étaient rencontré au printemps 75, peu de temps avant le bal de promo. Idéalement, ils avaient 28 ans, donc il aurait investi leur petit appartement en 85, c'est-à-dire à l'âge de 4 ans, mais il s'y voyait plutôt à 17 ou 18. Il fallait faire fi de toute vraisemblance, tout abstraire, son pays, sa famille, son âge. Il ne restait plus grand-chose, si ce n'est lui-même avec beaucoup d'indécision.

Ce qu'il imaginait, c'était une situation purement improbable, un frenchy en exil outre atlantique dormant dans le canapé du petit salon, portant des jeans comme d'autres portent des pantalons en velours, faisant figure d'intellectuel ou de poète maudit, tissant des liens avec un jeune couple bien encombré d'un ado qui se contentait de vivre dans leur environnement. Il fallait peut-être aussi extrapoler sur la vie, les aventures. Une imagination galopante ou galopine aurait vu un quotidien trioliste ou le mélodrame facile. Il n'oscillait pas du tout entre le porno et le film tragique d'un adultère fatal. Ils se donneraient rendez-vous certains soirs dans un restaurant italien, la même table banquette de velours rouge donnant sur la rue, une bougie dans un verre troué en forme de verre à cognac, la nappe vichy rouge et blanc. Ils arriveraient l'un après l'autre un peu en retard, les joues roses en faisant passer leur pashmina par-dessus la tête, tout sourire, ils auraient bu du bon vin avec une indifférence feinte.

    La seule image vivante dans son esprit était l'appartement. La platine vinyle teintait l'air pêle-mêle de Ray Charles, Ella Fitzgerald, Tony Benett, Billy Joel, Gill Scott Heron, Franck Sinatra, Stevie Wonder, Gladys Knight, Dionne Warwick, Lena Horne, The Duke, Joe Jackson. Tous quittaient l'étagère et leurs pochettes bien alignées pour distiller du piano, de la batterie à balais, de la contrebasse, de l'accordéon, de la trompette, du saxophone. Les chansons parlaient de dimanche soir, de lundi matin, de rupture, d'urbanisme amoureux, d'amours urbains, de jours pluvieux…

    Le canapé était son endroit à lui, sur un guéridon en fer forgé factice s'empilaient des polars, des essais philosophiques et le journal de Thoreau. C'était le lieu du recueillement poétique, de l'immobilité accumulatrice de pensées dynamiques. La même pièce était occupée par le coin cuisine où ils ne faisaient que boire le café du matin, dans une lumière douce laissant apprécier la vue de la ville étoilée, encore endormie. À cette époque, il avait encore envie de se lever tôt. La porte de la chambre restait tacitement inviolée, et jamais il n'aurait pensé à la franchir, même en pensée dans la pensée, car tout ceci n'est que vue de l'esprit. Cette chambre était un mystère dont il ne voulait pas percer le secret, parce que de toute manière cela ne concernait que des êtres imaginaires qui n'étaient même pas lui en imagination. Brenda et Eddy n'étaient pas la femme idéale et l'homme idéal, mais le couple idéal, sans rancune ni mièvrerie. Ils étaient garants d'une vie possible.

Sa rêverie semblait un peu malsaine pour un jeune homme qui ne pensait pas à une vie rêvée avec une jeune fille aux seins ronds. Le doux amer était dans l'impossibilité du rêve et de la place qu'il y occupait, il rêvait de la vie idéale de quelqu'un d'autre, les premiers jours d'une vie à deux, tels qu'on les voit de l'extérieur, une sorte de genèse à l'œuvre mais inaccessible, les premiers meubles, les premiers anniversaires. Rien n'était palpable, le lieu trop loin, le temps complètement parallèle et révolu, pourtant il s'y sentait chez lui. Rêve nomade de sédentarité. Il se reconnaissait dans le fait d'être là, de communiquer avec autrui sans un mot dans un décor de série américaine.

Suite n°1 en Sol majeur (Praeludium)

Le randonneur cherche l'exploit, le marcheur n'a pas de but précis, le piéton a de la morale. Tous trois sont libres, fin et moyen, auto véhiculés. Mais la hiérarchie s'impose : le randonneur suit le jogger avec un gros sac sur le dos, le marcheur s'encombre d'un livre, le piéton n'a que ses papiers.

J'ai connu un piéton. Il travaillait dix heures par jour au dernier étage d'un immeuble haussmannien. Il n'éprouvait aucune gêne à écouter du dancehall au même titre que Dave Douglas tout en lisant les bouquins de Monestier sur les mouches ou le suicide des origines à nos jours. Il vivait chez ses parents, on lui donnait 40 ans, les cheveux roux grisonnants et frisottants. Un piéton, vaguement mélomane, un vieux garçon.

Bon, mais c'était un piéton, le plus authentique que j'aie connu, sans permis de conduire ni titre de transport. Ni vélo. Il n'était pas non plus adepte du trekking. Il préférait passer ses vacances à la pêche et ses RTT à la Fnac. Il portait un costume, une cravate, un pull sans manches en hiver, des chaussures de ville.

Il ne piétinait pas, même au bureau, chaque geste avait l'économie de l'efficacité, l'expérience du non superflu, presque un ouvrier, rationnel dans ses répétitions. Un piéton flegmatique, so british, l'humour froid et cynique. Il avait dit un jour à une collègue antillaise rêvant de retourner chez elle : « t'en fais pas, dans un an t'y es. » Il n'avait aucun intérêt pour la modernité : pas de portable, pas de GPS, pas d'ordinateur, le dernier film qu'il avait vu c'était au cinéma, c'était les *Spécialistes*. Son seul programme à la télévision : Odyssée, Voyages, Escales. Une fois par an il partait visiter l'extrême Orient, revenait avec des photos de jeunes filles au nez percé pour freiner leur sexualité, puis faisait des albums, avec des commentaires empruntés aux livres et au guide.

Un dimanche d'octobre je l'ai croisé sans qu'il me voie chez un disquaire du boulevard Saint Michel. Je l'ai suivi. Il acheta la *Symphonie Fantastique* par Reuter et les suites pour violoncelle de Bach par Janos Starker. Il sortit avec un petit sac en plastique bleu et blanc sous le bras. De l'autre il faisait le pendule, sec, la démarche déterminée, attendant gravement le rouge pour emprunter les passages piétons. Il remonta jusqu'au Luxembourg où il passa les grilles en affaissant ses épaules. Il ralentit jusqu'à la fontaine Médicis, s'assit sur l'une des chaises vertes sur lesquelles on a délicieusement les fesses plus basses que les genoux. Il ne bougea plus, il n'était plus vraiment piéton, il était comme moi, il éprouvait le devenir de l'immobilité et de la solitude. Les jambes croisées, le sac sur les genoux, les mains sur le sac, les yeux sur le bassin.

Dans le passage couvert

Ils se sont rencontrés d'une façon très ordinaire dans une galerie parisienne très ordinaire, un passage couvert, la galerie Vivienne.

Elle marchait lentement, elle venait de la rue des Petits Champs, par la grande porte à côté du bistrot orange, elle n'était jamais passée par là, elle était intriguée par ces vitrines vides, offrant des espaces sans vie ponctués d'escaliers. Le plafond haut projetait une lumière froide, le bruit de la rue s'estompait à mesure qu'elle avançait, c'était comme une rumeur qui l'accompagnait dans un mouvement lent et dense dans le silence jaune de la galerie, entre les montants de stuc et le sol en marbre. Tout au bout, s'inclinaient quatre degrés de marches que bordaient deux vitrines d'un même bouquiniste.

Celle de droite restait fermée et affichait la collection noir et blanc « Je me souviens... », je me souviens du XVIIIe arrondissement, je me souviens des Halles... À gauche, on distinguait derrière les rayonnages serrés une boutique encombrée de vieux livres sentant le papier jauni et le tabac froid, en un mot autant de chambres de bonne peuplées d'étudiants bohèmes, de banquettes étroites, de chaussettes mises à tremper dans le lavabo, de fenêtres ouvertes sur la rumeur de la rue et des pigeons, tout cela s'entassait autour d'un vieux bureau et d'un vieux monsieur dans la galerie Vivienne.

À cet endroit, le passage repartait à angle droit sur la gauche. Avant de s'ouvrir sur le jardin de la bibliothèque Richelieu, un nouveau passage, à nouveau à gauche, perpendiculaire, sur cinq degrés de marches, donnait sur une rotonde. Au centre se dressait un piédestal en béton, et à son sommet la lumière tombait de la verrière sur lui. Lui, assis en tailleur, profil gauche, lisant *Rue du Havre* de Paul Guimard, tout droit sorti du bouquiniste. Etudiant bohème, sentant le tabac froid et la chambre de bonne.

Il sauta à bas de son perchoir dans un geste ample et replié, l'écharpe de laine bleue en drapeau, fourra son livre dans sa poche, et s'approcha. Il lui dit, citant les derniers mots du livre : « au reste, qui se soucie de cet entrelacement de causes invisibles, d'effets inconnus qui tissent la trame de nos jours et qui forment la véritable communion des hommes ? » Elle ne sut jamais d'où il venait.

Typical situation

Je n'ai qu'un véhicule, mes jambes, je ne m'assieds jamais dans le bus ou le métro, je préfère tout sentir sous mes pieds. Tout tinte aux tympans, c'est comme jouer sous les tables et rêver, je foule le pavé à grandes foulées dans la foule lourdement amassée.

La tête haute, légèrement penchée en arrière comme si j'allais trop vite. Ce n'est pas un pas de course, mais comme un pas leste et léger. Je sens mes dix doigts, neuf planètes répétitives, huit cardinaux, sept mers rongeuses de terre, mes six sens soit cinq autour de mon être, quatre saisons clignotantes, trois coins dans mes quatre murs, et la ville à l'infini.

Dire que tout le monde est heureux, que tout le monde est libre, c'est exagéré, ça ne mène à rien, pourtant pour un temps je sens le monde qui tourne autour de moi et allège mes pas, tout le monde est là pour moi et je suis là pour eux, mais comme une star et ses satellites.

Tout est gravité, alors je me sens léger, et ça monte, et ça tourne, c'est une ritournelle teintée de mélancolie. Deux c'est bien mais chacun culbute dans son Un alors ça s'entrechoque, ça tombe, ça roule. Les portes grandes ouvertes sur le bonheur en cire des grands magasins se verrouillent aux hoquets des mauvaises façons d'errer.

Chevalier de la foi

Peut-on se fier au mouvement général ? Peut-on faire autrement que prendre de l'âge, du plomb dans la cervelle ? Il n'avait peur de rien, si ce n'est de prendre le mauvais chemin, et pour lui c'était celui que tout le monde le voyait prendre. Pour lui la vérité se déploie à l'insu du grand monde, sa propre nature ne pouvait pas se révéler officiellement, alors il lui fallait une couverture. Il ne croyait pas à l'hérédité, il ne croyait pas à la météo, il ne croyait pas aux sciences qui s'appliquaient au non-prévisible. Il était radical, et ne croyait pas ce qu'il disait. Il voulait tout simplifier de la manière la plus compliquée.

Il avait peur du bon sens, de celui ou celle qui lui dirait qu'il ne pensait pas dans la bonne direction. Le bon sens. Manque de justesse. Il chantait juste mais par accident. Dès que quelqu'un lui signifiait son erreur, il ne pouvait pas faire autrement que de prolonger jusqu'au sophisme ses égarements. Céder au bon sens c'est céder à soi-même, faire comme tout le monde, se laisser porter, la bonté est bien préférable pour soi. Il se rêvait Abraham au moment du départ pour le Sinaï, incapable d'expliquer, et pourtant dans le vrai. Les autres ont tort, ne comprennent rien. Il ne peut parler, il ne parle aucune langue humaine, il parle une langue divine, il parle en langues. Le silence.

Charms of the night sky

J'étais couché, je commençais à m'endormir puis je sentis quelque chose au-dessus de moi, j'ouvris les yeux et ne vis que le plafond jaune, le blanc vieilli faisait une peinture caillée.

Soudain je distinguai une forme qui occupait toute la superficie, comme une tache d'humidité, elle dessinait un croissant de lune très fin, grand, effilé à ses extrémités et large de trente centimètres au plus renflé. Cela n'avait rien d'oppressant mais plutôt curieux, hypnotique tellement le naturel se confondait avec le symbole.

Je passai la nuit sans bouger, sans penser, sans parler. Au matin, emmitouflé dans mon gros gilet bleu à col camionneur, avant le jour, je me rendis à la boulangerie. Au coin de la rue. Il faisait encore nuit, quelques voitures assaillaient déjà Paris sans conviction, certaines d'entre elles finissaient le frais ballottage des engourdissements nocturnes, prêtes à s'échouer sous le charme du ciel de nuit.

Les quelques passants semblaient sortis d'un vieux bal masqué, étourdis par une lancinante ritournelle d'accordéon, le profond changement d'une trompette de l'aube solitaire. Échappés, sans visage, aléatoires et pourtant là pour toujours. Drapés des remords de leurs lits défaits, ils se tournaient de temps en temps vers l'ouest, encore sombre, ils faisaient leurs adieux à celle qui les avait accompagnés dans l'emberlificotage de leurs angoisses. Ce sont les promeneurs de fin de nuit, les âmes furtives des lieux déserts. Parkings, squares, sorties de secours, ruelles, impasses, places vides. Tous ces lieux baignés dans la lumière froide de l'éclairage publique, celle qui ne luit pour personne, où ne résonne que ses propres pas et son propre souffle. Loin de tout ressac, ils fluent et refluent loin les uns des autres, se brisent sur les volets fermés des devantures. Une basse acoustique rythme les pas gourds.

Dans la boutique, une tirette à cadeaux fantaisies pour enfants attira mon attention : un peu plus grande que moi, rouge, en forme de bandit manchot, deux croissants encadraient en exclusion une grappe de raisin sur le plexiglas à surprises. Obéissant à l'insert-coin, j'actionnai le levier : trois croissants de lune, pas des viennoiseries mais identiques à celui de mon plafond, s'alignaient sur les rouleaux de la fortune. Je me penchai pour récupérer mon gain.

Un œuf en plastique mi-rouge-opaque mi-jaune-translucide. J'en extrais un bout de papier plié en huit : « imagine une ville au bord de l'eau, crois-tu qu'elle ne fasse qu'un avec son reflet ? Il y a là deux mondes mais aucun n'est réel. »

En relevant la tête, je me trouvais sur le trottoir, devant la boulangerie. Le jour se levait, à côté de moi une fille en nuisette faisait une ronde de ballerine, pieds nus, les hanches roses. Elle s'évapora aux premières lueurs sur les premières notes d'une trompette bouchée insolente, laissant derrière elle une odeur de café. En relevant la tête tout était trouble autour de moi, comme la surface du bitume à l'horizon en été. Le phénomène se dissipa aussitôt, tout était à sa place.

Perdre pied, tomber amoureux

Elle avait remarqué dans ses yeux quelque chose d'étrange, ce soir-là. Une peur peut-être, ou autre chose. Ils avaient regardé la télé en silence, sans ponctuation analytique vindicative, les images les avaient traversés et séparés pour un temps sur le canapé. Sa tête à lui sur ses genoux à elle, ses mains à elle dans ses cheveux à lui. La petite lampe de table de la table basse était la seule allumée et jetait la pièce dans un confort immuable mais semi-obscur, c'était la nuit.

Ils s'étaient couchés tôt, la fenêtre ouverte, on sentait la cour en contrebas, l'odeur douceâtre que marque le local à poubelles quand elles ne puent pas trop, dans le réchauffement des derniers jours mi-humides de mars. Il s'était relevé pour fermer et tirer les rideaux, puis avait traversé la chambre jusqu'à la cuisine.

Au bout d'une heure elle alla le rejoindre. Il avait commencé à pleuvoir. Il était assis sur le bord de la fenêtre, les mains sous les fesses, pieds nus dans le vide. Elle s'approcha sans un mot, il ne dit rien. Ses genoux étaient trempés, une clope au bec toute mouillée qu'il n'avait même pas allumée. Il fixait la nuit, d'une respiration lourde. Elle le prit doucement par la main et l'amena à la salle de bains, le déshabilla, le sécha, le coucha nu.

Ils s'endormirent.

Plus tard dans la nuit elle l'entendit murmurer :

> « Deux petits cœurs dans un lit
> Dorment quelques heures et puis
> De l'insomnie en torpeur
> Les corps se lient, et sans peur.
>
> Pas de rancœur, ni mépris.
> Autour la froideur, sans vie,
> Dans un lit deux petits cœurs
> Au chaud du pli
> Au haut du si
> Ils donnent le la à l'infini. »

Elle se serra contre lui.

The Little Negro

Souvent, le soir, en sortant du train, je joue avec mon ombre. L'espace entre chaque réverbère la fait grandir sous mes pieds, s'étirer jusqu'à l'évanouissement, jusqu'au prochain réverbère. J'ai les mains dans les poches, je viens de traverser toute une ville, essuyé l'épreuve de la patience dans les transports en commun.

Ce n'est pas par snobisme que je dis ça, d'ailleurs je préfère le train, le métro, le tramway à n'importe quelle voiture, mais il est à reconnaître le détachement nécessaire pour ne pas s'épuiser au transport quotidien. Il y a les regards fuyants, si connus et pointés avec fierté mais toujours tus, l'expérience du néant, l'attente, le temps à remplir. Aussi quand j'arrive au terme de mes correspondances et qu'il ne me reste que quelques mètres à faire, je n'ai plus l'urgence du dernier métro, ni joie ni souffrance, je me détends, le pas peu pressé.

Ce soir-là je suis rentré tard, déçu d'une idole. En voyant mon ombre je pensais à l'hombre, l'homme, l'ombre, le jeu de mot déjà usé avec talent par celui qui m'avait doucement échappé ce soir-là, une ombre, un homme à hombres. Mais là cette ombre ne reflétait rien d'un homme, non, mon corps projetait une silhouette menue, les cheveux en bataille, le visage presque rond. L'air fraîchissait, une brise se levait, les premières vapeurs chlorophylles de l'année s'exhalaient.

Au troisième réverbère, mon ombre trois fois née déjà me fit un signe de la main, un geste de salut. J'avais pourtant les mains dans les poches. Puis elle partit en courant. Je la suivis.

Aux abords d'un square elle passa entre les grilles, c'est aisé pour une ombre, et elle ne voulait pas en sortir, déjà affairée sur un cheval à ressorts. Sautant la grille je lui sifflais des « viens ici, veux-tu ! » Sourde comme une ombre occupée sur la bascule.

Résigné, je m'assis sur un banc du square désert, dans l'air humide, regardant mon ombre se balancer aux branches d'un sapin bleu, agiter les poussins dans leurs coques, tomber comme une fusée d'artifice et onduler sur les vagues du bac à sable.

Au bout d'une heure elle me revint, visiblement fatiguée mais heureuse. Recroquevillée à mes talons je la ramenai à la maison. Un vieux monsieur se tenait derrière la grille que j'enjambais, les yeux ronds, la lèvre inférieure soutenant en plateau la supérieure. Il semblait être là depuis un moment, à me regarder. Sautant à bas des barreaux verts, je me plantai devant lui, et avant de tourner les talons je lui dis : « j'attendais mon ombre. »

L'appartement

C'est un deux pièces, c'est suffisant, en forme de L, à l'angle d'un immeuble parisien, au quatrième étage, droite. L'entrée se partage avec les sanitaires, cabinet de toilette, cabinets et toilettes, mais pas seulement. Il y de la moquette rouge abrasive par terre, juste avant le salon parqueté, elle est si vieille et si râpée qu'une allumette n'a pas besoin d'être suédoise pour y être frottée avec efficacité. À droite, un perroquet en hêtre courbé supporte en rond un amoncellement de vestes de saison ou mi-saison, bleu, marron, noir, violet. Sur le mur blanc à gauche est accrochée une reproduction d'une gravure de Maurits Cornelis Escher, *Sky & Water*, au-dessous de laquelle on a épinglé les paroles d'*Un petit poisson un petit oiseau.*

À droite le salon et la kitchenette ouverte, parquet puis linoléum, à gauche le convertible pour les amis et deux vieux crapauds craquelés, le bordeaux pelucheux d'une couverture. Le mur du fond et celui du canapé sont recouverts de livres, jusqu'au plafond, classés par genre : romans et théâtre, poésie, art, jeunesse, philosophie, voyages, divers. Une grande fenêtre donne sur la rue et éclaire principalement tout le salon et l'entrée. Une autre près du canapé s'assombrit sur la cour.

On retrouve éparpillés à tous niveaux des tableaux et des posters : *Souvenir de Mortefontaine*, le portrait de Kurt Cobain, « 1967-1994 », acheté 10 euros aux puces, des illustrations de Rackham pour *A Midsummer Night's Dream* et d'autres, Mallarmé en Faune par Luque pour les *Poètes Maudits*, la *Nuit étoilée* de Van Gogh, une aquarelle représentant deux jeunes gens allongés sur un plaid écossais, dans les herbes hautes d'un chemin creux, une source d'eau claire perce à l'arrière-plan sous l'ombrage. La pièce se multiplie en coins et recoins fouillis, c'est même le bordel, disons-le, mais c'est propre. La cuisine est étroite, conçue à l'économie, tout en hauteur, dans des jeux d'angles et de charnières plus ou moins astucieuses. La vaisselle est limitée, attribuée, bien rangée, les denrées remisées dans le garde-manger sous la fenêtre, une sorte de caisse dans le mur donnant sur l'extérieur.

La chambre.

Goodbye Stranger

Je me suis levé tôt hier matin, je devais faire quelque chose, bouger, m'ébrouer, je suais sous mes draps. J'avais mis un jean, des baskets légères, un t-shirt usé. J'ai pris un taxi bien avant l'aube. J'ai fait arrêter le chauffeur devant un immeuble dont je connaissais les issues et qui n'existe plus aujourd'hui.

J'ai pris l'ascenseur avec sérieux, comme un gros bras de la mafia, mâchoires serrées, héros celé sans scellé, sans attache, au dernier étage il me suffit d'ouvrir la fenêtre de la cage d'escalier et d'accéder au toit. Le sol était semé de graviers, le soleil se levait derrière les antennes, entre les pavés et les étoiles, un monde à explorer, alors comme sur un rythme de claquements de doigts, j'ai commencé à marcher, au gré des dénivelés, petit à petit j'ai commencé à siffler dans l'air frais du matin, un chœur est monté à mes oreilles me chantant les adieux à l'étranger avec ironie. Il y aura un retour.

Ma silhouette s'est mise à allonger le pas, mon cœur devenait léger, j'enjambais de plus en plus futilement les obstacles. Je courais sur les toits comme un amant matutinal en fuite vers elle.

Parfois, mon champ de vision happait des fragments de fenêtres ouvertes : un homme en frac dans un oriel arrosant ses géraniums, un amas de couvertures cachant deux corps, des persiennes mauve-cardinal, des gants mappa roses aspergeant du Glassex sur des carreaux d'une fenêtre à croisillons, des jalousies délabrées, une dame choucroute coiffée choucroute couleur choucroute derrière un bow-window.

Les mâchoires serrées, regardant devant moi, l'envie de crier, le regard droit, enclin aux rondades, aux roulés boulés, au triple saut entre deux immeubles, le torse en avant, les jambes montées sur ressort, le temps mort entre la montée et la descente, quand la gravité s'abolit, agripper un mât d'antenne et tourner encore et encore, le bruit d'un rotor qui monte, le frisson à l'idée de son corps, les on-dit disparaissent, je brille de plus en plus, comme un sou neuf, pas un regard en arrière, boxant l'air, brisant la routine jusqu'à l'épuisement, et puis rentrer.

Normandie

Il fit quelque chose d'inhabituel, ce week-end-là. Il se leva avant le lever du jour, s'habilla en silence et sortit sous une pluie fine. Il prit les transports en commun jusqu'à une agence de location de voitures. Il choisit une grosse berline noire pour deux jours. Il s'installa derrière le volant, le regard fixé devant lui, insensible aux charmes automobiles, et pourtant rassuré dans l'habitacle. Il prit l'autoroute à toute vitesse, en moins d'une heure et demie il se retrouva sur les Planches, à Deauville. La voiture avait englouti plus de deux cents kilomètres sans bouger, on n'avait entendu que le bruit laconique des essuie-glaces, parfois les clignotants. Il avait regardé droit devant lui, les mains à 10h10 sur le volant, il ne voyait que la route se dérober sous lui, les bocages formaient une bouillie vert foncé à travers la bruine.

Sur la plage, entre les bras de mer qui s'allongent, il fit les cent pas jusqu'au midi, heure à laquelle il s'installa humide derrière une assiette de rougets en centre-ville. Il n'y avait personne en dehors de quelques couples, tout le monde parlait à voix basse, tout le monde semblait tiré de son sommeil pour un bref instant…

Il entendit près de lui un homme d'une quarantaine d'années, une barbe lui passant sous le menton, marmonner à un autre avec un accent américain :

« ...les moyens de gagner de l'argent nous entraînent presque sans exception vers le bas, les hommes resteront couchés sur le dos, à parler de la chute de l'homme, sans faire le moindre effort pour se relever. Nos appuis sont pourris. Comment peut-on être un homme sage, si l'on ne sait pas comment mieux vivre que les autres, si l'on est juste plus rusé et d'une intelligence plus subtile ? La Sagesse doit-elle apprendre à marcher au pas ? Ou apprend-elle à réussir *par son exemple* ? Chaque fois qu'un homme se sépare de la multitude et suit son chemin solitaire, étroit et tortueux, dans l'amour et le respect, il rencontre de fait un embranchement sur sa route, même si d'ordinaire les voyageurs n'y voient qu'un trou dans la palissade, le chemin de traverse peut s'avérer être la grand-route... »

Dehors, la pluie avait cessé. Un peu grisé par un Bourgueil 2001, il entreprit une longue marche qui longea la jetée et se révéla incapable de remédier à son vague à l'âme. Dans sa tête se fredonnait *My Bonnie lies over the Ocean*, et le discours de cet homme sans fondement le faisait frissonner par sa rigueur et son intransigeance. La mer, la mer, la mer, sans copule, la mer intransitive, ces fonds qui affleurent, le froid et la curieuse vie qui l'habite. Un embouteillage de léviathans et de golems, d'ichtyosaures et de nessies, nymphes et ondines, sirènes et mélusines, cœlacanthes, calamars géants, silures. Ce n'est pas un vieil océan, et d'une certaine manière elle n'est pas toujours renouvelée, c'est un mythe, sans temps. Sur le retour il se demanda enfin pourquoi tout allait au ralenti, aussi allongea-t-il le pas, l'air enfin lui fouettait le visage, il courut jusqu'à la voiture, s'arrêta quelques instants face à la mer grise, lancinante dans ses mouvements, insaisissable pourtant à la fin des fins.

Sur la route du retour, la pluie redoubla, il ne diminua pas sa vitesse. Un virage malencontreux le fit chasser de l'arrière mais l'équilibre se rétablit sans problème, il continua sur sa lancée, il appuyait de plus en plus fort sur la pédale, ses mâchoires étaient contractées, ses yeux embués, il criait : « plus jamais aussi loin ! »

In a Graveyard

Ce n'est pas un lieu de réjouissances, j'ai vu trop de gens s'y enfermer pour vraiment l'apprécier, et je ne parle pas que de celui-là. Dans un enclos pareil à un jardin d'église reposent les miens, sagement plantés au milieu des herbes hautes.

Ici les choses sont différentes, plus urbaines, des accents de romantisme cynique planent dans les errances de ces propriétés funéraires, demeures de tombes sous des lunes retenues dans un regard en échelle de gris, un bref repos au milieu du minéral pour reprendre son souffle. Les allées aux pavés disjoints, le lierre qui lézarde les pierres, les images automnales en toute saison, ces marronniers comme des flèches d'équinoxe au milieu des roches granitiques. Les noms s'alignent administrativement, un éclatement de lettres combinées qui ne renvoient qu'à la poussière, alors pourquoi venir ici ?

Une vieille femme en tailleur, très chic, pleure à genoux, les mains agrippées à une petite jardinière. Le défunt était architecte et aveugle, il avait conçu des collèges, des musées, pour voyants et non voyants. Son espace mettait chacun à sa place, dans des cases amovibles assez complexes de conception mais simples d'utilisation. Finalement, il suffisait d'accepter certaines règles de déplacement, un peu comme aux échecs.

Cet homme était fasciné par l'endroit où il reposait. Avant d'y prendre définitivement ses aises, il avait pour habitude de le parcourir des journées entières, très lentement. Certains l'ont souvent vu s'arrêter et se planter le nez en l'air, comme reniflant une piste, la tête en arrière il se laissait tomber sur ses rotules, les paumes ouvertes se refermaient sur ce qu'elles trouvaient au sol, puis il se relevait. Il a fait inscrire sur son marbre : « il y a trois types de surhomme : le génie, le sage, le saint. »

Les bruits de ce monde en guerre perpétuelle n'étaient plus que des étoiles silencieuses pour un moment. Des notes de piano semblaient sortir très lentement des pavés disjoints et flotter sous la voûte des feuilles éparses, le soir tombait sur un après-midi lumineux brun roux de septembre, des jeunes gens habillés d'un noir dandy avec quelque chose du prince Florizel de Bohème me projetaient quelque part entre Wilde et Caspar David Friedrich. Les frontières de ce monde de mortels m'étaient à jamais fermées pour un moment, toutes les portes de ces jardins d'éternités s'ouvraient sur nos intérieurs pacifiés. Tout était neuf comme les horizons bleu-noir.

Alors au détour de l'allée je souris en sachant que je reviendrai un jour. Je n'étais pas du tout pressé.

Conte de l'ermite

Il y a un homme au fond d'un bar d'une petite rue du quartier de la gare Saint Lazare. Il siège à la nuit tombée et jusqu'à la fermeture derrière une table en formica, bleu-gris marbré, dans le dernier angle de la salle, de l'autre côté des autres tables, là-bas derrière l'écran de fumée. C'est un vieil homme, les os saillants, la tête enturbannée dans les volutes de sa roulée fichée entre deux doigts noueux, semblables à des brindilles sèches, cassantes comme du verre. Il porte toujours une chemise sable, un pantalon en velours côtelé marron, des derbies brunes craquelées. Ses yeux sont à peine visibles, on n'entend que sa voix de basse altérée qui raconte souvent les mêmes histoires. Lui-même a la sienne mais ce n'est pas lui qui la raconte, ce sont les autres, la foule, le folklore, la légende urbaine.

Certains disent qu'il est né en Europe de l'Est, les plus affirmatifs lui collent l'étiquette du russe immigré façon Conrad ou Apollinaire, mais les garants du récit le font naître quelque part entre le Tigre et l'Euphrate. Les spéculations vont bon train sur son État Civil : il se fait appeler Monsieur Paul, mais on a déjà vu un enfant l'appeler Enoch, un comique de quartier le surnomme indifféremment Zarathoustra ou le Prophète. On lui prête même sept vies derrière lui. On ne le voit pas le jour, il apparaît avec les premiers becs de gaz, à l'angle de la rue du bistrot, les mains dans les poches et le mégot au bec, la tête baissée, le pas lent mais sûr.

En vérité, quand les propriétaires du bar ont acheté leur fonds de commerce, il faisait déjà partie des meubles, et l'on suppose que plusieurs commerçants successifs lui ont fait le même service : un thé allongé. Son nom est Oréon, il est arrivé ici il y a longtemps, du Liban, à pied.

Il a traversé de lointaines étendues infinies jusqu'à un trou dans un bout de rocher sur le sable. Chaque jour il plantait ses genoux dans la pierre devant une petite flamme accrochée à un bout de cire à peine plus épais qu'une âme d'enfant. Le miracle de cette grotte était là et il lui rendait hommage chaque jour : cette petite lumière avait toujours brûlé de mémoire d'homme, sur le même morceau de cire. Cette chandelle fut sa compagne, Oréon vécut là en ermite pendant sept années pendant lesquelles il eut sept visites.

La Douleur en haillons vint pour l'éprouver au premier chef, il endura la faim et la soif, son cœur était lourd, ses yeux constamment humides et sa bouche déformée par une moue de dégoût. L'année suivante le Bonheur le récompensa à travers la flamme, des chants s'élevaient autour de lui, ses pieds le portaient sans souffrance, à tel point que l'année qui suivit fut celle de l'Amour, quand il vit une petite ombre s'échapper de l'objet de son culte et lui entrer dans l'âme. Il était près d'entrevoir le revers des choses à la fin de cette année-là quand l'inquiétude glissa en lui et l'exposa à la Haine, il voulait tout détruire autour de lui, y compris celle dont le sort inconnu le faisait tant souffrir. La Conscience revint à lui pour lui ouvrir la voie d'une paix provisoire : l'étude des grands textes sacrés l'inspira, il composa les chants de son destin. Sentant revenir l'inquiétude et la souffrance, la Peine le secouru à sa manière en le jetant au travail la sixième année, il laboura la terre et éleva des chèvres blanches comme la neige des monts éternels.

La dernière année, une ombre immense traversa les plaines jusqu'à lui, c'était le Néant, il surgit entre deux sillons de blé. Il sentit à nouveau le chagrin l'envahir, la flamme lui était devenue vitale et son sort l'alarmait jusque dans ses cheveux.

Alors le Néant parla :

Va, quitte ce lieu,
Erre jusqu'au bout du monde,
Où tu pourras t'arrêter, et t'asseoir silencieux.
Tu ne verras que la nuit, ton esprit sera toujours en équilibre.
Je ne te voue à aucune efficace louange,
Je ne te voue à aucune offrande,
Je ne te voue à aucune pénitence,
Je ne te voue à aucun salut,
Je ne te voue à aucune damnation.
À jamais ta foi se dérobera à tes certitudes,
Ton esprit sera tendu vers l'objet de ta solitude.
Tu devras scruter le fond des choses sans ciller,
Tu y trouveras mon regard, ne le lâchera pas, sans ciller,
Sans quoi ta vulgaire bougie sera soufflée.

On dit qu'Oréon ne faisait rien d'autre depuis toujours et à jamais, sans repos.

J'sais pas où t'es parti

En rentrant hier soir, l'appartement était vide. Elle était partie avait tout laissé : la gravure de Maurits Cornelis Escher, le poster de Kurt Cobain, les boîtes de collections diverses, les bouquins de Prévert empilés sur le guéridon, ses sous-vêtements dans la salle de bain, son mug fantaisie dans l'évier. Tout était à sa place et faisait tout disparaître. Les draps dans la chambre étaient défaits, les rideaux mal tirés, comme d'habitude, mais son odeur accusait son absence. Cet appartement semblait si grand, les photos des souvenirs au mur criaient une triste douleur qu'elles n'avaient pas auparavant : « viens donc voir par ici, par ici comme t'y es, par ici comme t'es là. »

Tout était là, bien ou mal rangé, cela n'avait jamais vraiment compté, aujourd'hui tout était éparpillé et il fallait ranger, remiser, jeter, remplacer. Alors j'ai déserté. Tout était à sa place, et je n'aurais jamais pensé que ce fût si pénible. J'aurais préféré tout brûler, mais la voir rester. Partie sans laisser d'adresse puisque la sienne est ici, le courrier va arriver à son nom pour dire qu'elle habite toujours là, il faudra leur dire qu'elle est partie, peut-être même l'expliquer, mais ce sera trop dur.

La ville autour reste là et ne bouge pas, silencieuse, indifférente, mes pas lui sont dévoués mais pourquoi m'en veut-elle cette ville d'avoir songé si souvent à un ailleurs ? Toute la ville autour de moi accuse les coups sur son pavé, chaque pont, chaque banc de square, tout est vide comme ici. Il fait chaud ici, plus frais là-bas dans les bois, j'avais cru à la rédemption, mais elle n'est que temporaire, la damnation est éternelle. Adieu Verdure.

Tout était doucement tacite, tout était là et y restait. À présent, tout est là et crie un silence inhumain. Il n'y a plus de mots, il est trop tard, il reste une faible distance où tout s'enfourne et se colmate. Tout parle pour moi, mais je ne peux plus leur répondre, ils sont toujours là mais creusent un néant irrémédiable. Mon corps lui-même, il ne m'appartenait plus, voilà qu'il me revient et je ne sais pas quoi en faire. Le frigo commencera bientôt à sentir mauvais, la poussière rendra la télévision invisible, le cuir craquelé des crapauds du salon sera entièrement parti, et une feuille d'Alicante en doux présent du présent me dira : il faut vivre pour soi.

Rien n'a changé, j'ai déserté les lieux en y restant comme avant. Tout est là rien n'a changé, pourtant tout est vide et n'a plus rien à dire. J'aurais fait des progrès.

La volonté d'énoncer

    Un jour un type blasé lui avait dit que l'amour rendait bête à manger du foin, à quoi il répondit le plus sérieusement du monde : « je n'ai jamais été aussi con de toute ma vie, qu'on m'apporte une botte de paille ! J'ai faim. »
Pour lui, ce qui est avait moins d'importance que ce en quoi chacun plaçait le sens de toutes choses. Même si cette raison, la réponse de chacun au « pourquoi ainsi et pas autrement », ne tenait sur rien, il trouvait bien plus beau de se briser sur ces évidences éternellement que de baisser les bras et rentrer dans le rang. Sisyphe roule toujours son rocher et ce geste est pour toujours répété, pour nous. Cet effort se fait à chaque instant en nous, sans que nous nous en apercevions.
Il disait toujours : « il faut prendre les paris et jouer gros, c'est la seule chose à faire. » Pour lui, il y avait toujours un moment où il fallait arrêter de penser et faire un pas dans le vide sans attente, tout jouer pour tout gagner ou tout perdre.
    Il se rendait compte petit à petit qu'il n'avait jamais été question de jouer des jetons en plastique, mais une chose bien plus précieuse qui lui échappait chaque fois qu'il pensait l'approcher. Il trouvait toujours de quoi oublier, de quoi s'occuper, mais aucune raison de rester dans cette ville. Dans le silence de son cœur sa pensée le

minait et le vouait à la contemplation. L'imagination se passait de symboles et il n'avait besoin de rien d'autre que la liberté de ses mouvements. La modestie réclamait ce qui coûtait le plus cher : du temps, pour faire de chaque image et de chaque idée un lieu privilégié. Il pensait encore à la ville, il la voulait pleine de recoins et d'ouvertures sur autant de changements de tons. C'était le cas, mais il se sentait pressé d'en rendre compte, il butait sur chaque virgule et trébuchait dans l'analyse.

Au-delà d'un certain nombre de phrases interminables plus rien n'est justifiable, il ne reste que le sentiment, et l'imagination qui retombe en elle-même. C'était le cas au début et c'est irrémédiable à la fin.

English Man in New York

Il y a des musiques que je n'entends que dans les gares, et qui adhèrent à jamais à leurs quais immarcescibles. Un rythme reggae et le sax qui monte, les Parisienne Walkways, Say it ain't so, toujours à la même heure, des chansons de samedi midi ou de vendredi soir, tard, quand il n'y a plus que quelques égarés, et que les solos remplissent l'air. Il faut toujours attendre interminablement ces trains d'heures creuses.

C'est dans ces moments-là que je quitte le monde des hommes, quelque chose m'arrache et c'est comme si je n'étais plus d'ici, je ne crois plus à ces illusions et ces lumières, tout est absurde, il y a un vrai moment où je lâche prise et je n'appartiens plus à tout ça. Plus rien n'a de raison d'être, tout est vain, indifférent et pourtant bien distinct, les contours sont nets, bien épais, mais plus rien n'habite les masques.

Combien d'allers-retours encore, qu'ai-je accumulé en poussant mon rocher ? Je me retrouve avec moi-même, je regarde mes mains et je ne les reconnais pas. Tous les trains dont je descends se vident, se remplissent et repartent dans l'autre sens, dans un mouvement perpétuel et chaotique. À chaque montée j'hésite dans mes regards et guette vaguement un bout de banquette, à chaque descente c'est comme descendre du train, je me sens dépouillé et comme picaresque. Plein de truismes en trop plein.

Sur ces quais d'attente je m'échappe parfois dans des élans de lyrisme, dans ma tête un ton de voix off enfile des perles que je suis incapable de retrouver plus tard. Le spectacle me fait poète philanthrope, je peins des paysages d'inconnus in vivo. Pourtant je suis comme derrière une glace sans tain. À d'autres moments plus rares je ne reconnais plus rien, je ne me reconnais pas moi-même, je retrouve un débris de mutisme enfantin, mais une brèche s'ouvre et tout m'est étranger, plus rien n'est sincère, plus rien n'est vrai, je voudrais déchirer leurs masques, leur faire bouffer leurs allures bougonnes ou bouffonnes, les couples m'insupportent dans leur facticité.

Avant d'être repris par les habitudes qui nous tiennent, je sombre dans les à-quoi-bon, je me demande à quoi je vais bien pouvoir occuper ma vie en attendant la fin. Qu'ai-je à espérer ? N'ai-je pas de dignité pour courir après une petite part incertaine de gâteau incertain ? Pour qui et pour quoi vivons-nous ? Si on ne vit pas pour quelqu'un il est difficile de se rattacher à autre chose. À quoi ? Au rien. Les vertiges des paradoxes et la volonté scientifique ne font pas que le monde m'appartienne davantage, le rien remplit tout et n'est responsable de rien.

Seuls les sentiments nous sauvent, les couleurs et les gosses. Tout est gris alors je scrute en moi un fond de gouache, sur le quai d'en face une petite fille s'endort dans les bras de son père, ses joues sont en feu d'une journée de cabrioles. Quand la lune monte au-dessus de la rue Houblon, je lève les yeux et soupire à l'idée de ce qu'il me reste. Il n'y a que l'espace entre deux corps qui me donne encore l'envie d'y croire, c'est là qu'est la vie, l'univers. Je ralentis alors mes cent pas d'étranger en règle, je suis prêt pour l'adversité, un homme honnête ne court pas, il marche. Mais celui-là n'éprouve pas grand-chose.

Un petit sourire doux comme la neige, chaud comme les lèvres en sommeil, me murmure : « il n'y a pas que la marche dans la vie ! ni même la course d'ailleurs... faire du sur place, ça peut avoir du bon, quand on est dans les bras d'un être cher. » Clin d'œil et sourire mauve près de moi.

Et puis s'écrouler

Entre le Conseil d'État et le Louvre, des jeunes en roller jouent à chat et slaloment entrent des pots de yaourts fluos, l'un d'eux s'écroule mais les autres continuent à tourner. Au coin de la rue un couple s'enlace, s'agrippe comme s'ils allaient être séparés, leurs visages sont enfouis l'un dans l'autre, les mains se crispent sur de la suédine et sur du lin, autour les piétons continuent de marcher. Dans une autre rue un petit garçon fait un bateau en papier et réclame une fois de plus l'histoire de la chemise du capitaine, mais les grands continuent à parler. En contrebas on tourne un téléfilm policier. Les pages de best-sellers se tournent nonchalamment sur les trajets quotidiens. Au pied d'une maison, un garçon pleure. Au premier étage, une jeune fille serre les dents sur le chevet de son père. Et le monde continue à tourner. Il continuera de tourner à tout jamais, et fera du bruit pour qu'on ne les entende pas. Bon sang mais taisez-vous !

La dame choucroute coiffée choucroute couleur choucroute a pris le 18h21 et son mari l'attend à la gare, une vieille femme regarde par la fenêtre de sa chambre d'hôpital et se demande si ça fait un an ou deux ans qu'elle n'a vu personne, celui-là a encore oublié d'appeler son banquier au sujet de son interdit bancaire, deux jeunes se découvrent sous des draps, deux autres se balancent le mobilier à la tronche, un touriste bave un reste de bière dans une poubelle devant un pub irlandais, un ado piriforme vient de passer quatre heures le nez collé à un bouquin dans sa chambre en écoutant en boucle la marche de Radetzky, son voisin en frac vient de faire une attaque.

Taisez-vous, arrêtez de courir et écoutez ce que personne n'entend, ce que personne ne comprend, ce que personne ne prend au sérieux, parce qu'une de plus ou une de moins ça n'influera pas sur la couche d'ozone ou sur des référendums bidons. Les souffrances injustes font fuir les gentiment lotis. Chanson de la ville silencieuse, et tout sera comme avant. Voilà la ville, les liens se tissent entre des néants d'être, il y a pourtant eu des moments qui comptent sur le pont Neuf au-dessus du Vert-Galant, en pleine tempête de neige sur Bir Hakeim, le Palais Royal frais et solennel à la fermeture comme une valse viennoise, les grilles du parc Monceau, mais n'est-ce que ça ? Ne faut-il pas qu'on la fasse vivre un peu, cette morne ville ? La ville, toujours réinventée, que nous a-t-elle apporté, quelle récompense pour quelle pensée ?

Un clochard qui sommeille sur le quai du métro se lève en sursaut comme un dieu sur un escabeau, pointe le doigt en l'air, et dans un sourire poupon, récite Supervielle :

> *Écoutez, c'est mon nom que j'entends, qu'elle crie.*
> *Je ne suis que silence et je baisse les yeux.*
> *Seigneurs de l'altitude et des ravins poudreux,*
> *Vous qui me regardez, vous qui me connaissez,*
> *Ai-je perdu la vie ?*

Ce n'est pas un jeu, beaucoup l'ont cru et le croient encore. Les paroles s'envolent sans répit et les écrits sentent l'amertume. Les mots ne sont jamais trop ampoulés. Ce soir, celui qui pleure n'a plus rien, plus un mot, à peine un râle.

Never is a promise

Je voudrais partir sur un air ad lib, sans fin, ou sur un si, parce qu'en anglais on dit B comme la première lettre de mon prénom. Une note en bleu, couleur du Léthé. N'être pas plus grand, n'avoir que ce qu'on peut, faire tout ce qu'on peut et au final il ne reste rien d'autre qu'une grande page blanche, un champ ouvert des possibles, un monceau de détritus derrière soi. La liberté, le libre arbitre, mais avec quoi, et qu'y gagne-t-on ? Peut-être pas avec des mots, peut-être pas avec un regard mais avec l'esprit. Avec mon esprit. On n'est pas tous libres, c'est juste qu'on pourrait l'être.

Il reste des chansons, toutes rappelleront quelque chose qui n'est plus, les chansons n'ont pas d'espoir. Elles feraient mieux de se taire parfois si ce n'est pas pour faire un tableau sans paroles, les couleurs devraient nous suffire. Et apprendre à laisser, et puis marcher, mais une force obscure se charge de tout. Le pire n'est pas là où on l'attend, une forme accélérée du temps épouvantable cache parfois une proie et un prédateur, des frères toujours, l'insulte ne souffre aucune restitution quand le destin met la clé de nos destinées dans un autre rêve, car il sait qu'elle est là, en sûreté. Jamais est une promesse et personne ne peut se permettre de mentir.

J'accumule les fausses notes, les couacs, le freestyle a ses revers de fortune et je retombe dans la dubitation syncopée, je tiens la corde sensible aussi longtemps que mes poumons sont avec moi, et avec mon esprit, mais qu'est-ce qu'une cour d'immeuble en a à faire ? Je stylite mes litanies au milieu des hommes, j'ermite mes soupirs à leur insu, j'allume une dernière chandelle à la recherche de l'un d'eux, je les scrute un à un mais tous leurs visages s'effacent. Il y aura encore des éclaircies, des regrets pour ce qu'on n'aura pas dit.

Mes rêves se brisent, plus rien n'est réel, il reste une note dans laquelle je voudrais mettre tout ce qu'il me reste. Un dernier sourire, un dernier je t'aime.

Parole sans musique

Ode je veux bien me démener pour toi
Mais y trouves-tu ton compte, toi ?
Si personne ne me lit, moi ?
Que sais-je et à quoi bon ?
Qu'ai-je vraiment pour de bon ?

« Rien, tire-toi et n'y reviens plus,
La Police est là, tu es seul sans retenue
On ne te retient pas, tire-toi,
Trace la route et n'y reviens plus.
Tu me fais chier ! Tu me fais chier !
Tu me fais chier sans dignité,
À ramper, à puer le chien mouillé.
Cinq heures sous la pluie drue ça sert à rien
On t'a botté le cul, jamais n'y reviens.
N'appelle plus n'écris plus ne viens plus,
Il n'y aura plus d'abonné, la boîte sera nue.
Auront foutu le camp les clics et les clacs,
Puanteur que tout cela et chair pourrie dans un sac. »

La table à repasser

Un dimanche soir qu'il rentrait, le train encore à quai, un couple monta, et s'assit sur les strapontins, dos à lui, s'échangeant des baisers ponctuels, gratuits, naturels, de ceux qui remplacent un regard ou une main tenue. La fille avait les cheveux longs, bruns, le visage petit et rond sous ses lunettes rondes.

Le garçon, brun, un peu poupon, avait dans les bras une planche à repasser, neuve dans son plastique. Les tubulures blanches, le tapis revêtu d'une housse bleu clair avec des motifs rigolos. Ce bleu de l'oubli qui efface le passé et supporte les nouvelles habitudes, le nouveau décor insoupçonné du jeune foyer. Tous ces bleus et ces motifs, de la couette du petit premier né aux torchons de la cuisine. La trame de l'avenir et des souvenirs à deux, le bleu des premiers temps qui font oublier les premiers temps du monde.

Ce soir-là, il avait en horreur ce bleu, cette tranquillité, tout ce va-de-soi si doux. Il avait préféré revenir à son bouquin, les ignorer s'il ne pouvait pas les oublier. Mais voilà que le type se retourne et le regarde, furtivement. Plusieurs fois, comme pour vérifier quelque chose. Une paranoïa l'envahissait face à ce jeune garçon poupon mais déjà homme, il avait l'impression que ce gars-là voulait s'assurer d'être vu avec sa planche et sa copine, mais les regards noirs et inflexibles qu'il rencontrait le faisaient renoncer à chaque fois. À son arrêt, il attendit le dernier moment pour se lever, lui arracher la planche des mains et descendre sur le quai quand les portes se refermaient. Il la fracassa contre un poteau, d'un seul geste, cassée en deux et les jolis motifs déchirés. Il se sentait mieux et dévasté, droit et vide. Le train repartait et les deux mignons regardaient par la fenêtre du train qui repartait, comme s'ils ne comprenaient pas.

Spontané

Un plein un vide je n'ai que ça, ça se remplit et se vide d'un coup je n'en peux plus, mais je la veux encore, et moins je l'ai plus je la veux et plus je l'ai et plus je la veux, un après-midi à dormir sur un banc et les feuilles orange et marrons qui me tombent dessus et les délires sur une cave dans ma chambre où je deviendrais masqué et libre d'aller partout et surtout là où elle est l'envie bon sang l'envie de savoir, une cupidité sans nom et sauvage presque mais non surhumaine et infra-morale, un voyeur un espion un inquiet une angoisse l'envie bon sang l'envie oui de savoir la surprendre la voir sourire la peur de sa colère et de sa destruction, elle oui encore elle rien n'a d'importance, oublier tout le monde les laisser appeler et ne pas répondre l'appeler, mais elle ne répond pas sa voix bon sang sa voix si différente là-bas cette distance des lignes qui jamais ne se croisent sauter au plus loin au plus haut et manquer le bord et tomber longuement avant de me rendre compte que je suis chez moi les trains tous ces trains ces gens tous ces gens personne et elle avec d'autres gens pareils et elle seule bon sang seule et moi seul j'ai la rage l'écume au bord des lèvres je cours je tousse je lis je ne lis plus j'écris je prie à quoi bon pourquoi que faire vite un miracle la vie sa voix ses bras nous et rien d'autre bon sang s'il vous plaît chut silence taisez-vous arrêtez de sourire bon sang s'il vous plaît chut peut-être mais non ces regards tous ces regards et personne mes poings dans le mur mes pieds me font mal j'ai mal je dors mal ma guitare à quoi bon mes mots pour quoi faire ce sont les miens je me déteste je ne peux pas plus alors ? Alors c'est tout et pas plus loin je ne vaux rien je m'en veux mais je ne sais pas de quoi, l'attente ? l'action ? Les deux sont deux pierres à trébucher et tomber et se relever et retomber bon sang où es-tu ? Tu me manques et je ne dis pas tout parce que ces mots bon sang qui ne servent à rien une formule une incantation une prière et personne tout le monde mais personne.

Néant sous le soleil

Un été comme les autres, chaud et solitaire. La série des jours identiques transforma peu à peu l'appartement en caverne sombre, ou plutôt en dépotoir à volets clos. Chaque objet gisait là où il était tombé, et pardessus les sédiments subsistaient des bouts de papiers griffonnés. Les réveils difficiles, aucune envie de parler, le café passait mal, il toussait, sa tête prête d'exploser sur le lino de la cuisine, la première cigarette laissait un goût de dégoût, tout brûlait.

Depuis quelque temps on n'entendait plus les cris des récréations, à 10 h, à 13 h, à 15 h. Le temps n'avait rien de régulier, le soleil brillait plus tôt mais la journée commençait à 11 h, les yeux bouffis, le crâne desséché et la respiration proche du soupir permanent. Le temps n'était que de l'attente et le silence de l'attente est la plus grande souffrance de l'homme. Ne pas savoir et n'avoir qu'à croire. L'été, il n'y a rien à faire, rien à voir, tout un intervalle de temps vide à remplir coûte que coûte, s'occuper l'esprit pour ne pas tomber dans les à-quoi-bon. Fuir les « quoi de neuf ? » et les « qu'est-ce que tu deviens ? ». C'est du temps à se repasser les mêmes films, souvent hors saison, à rêver d'automne et d'hiver. Le printemps est devenu coupable : exploser avec tant d'espoir pour aboutir à rien. Se surprendre à serrer encore les dents, aussi fort personne ne le croirait.

Parfois des éclairs zébraient cette angoisse : « et si j'allais à Montmartre ? » Une véritable escalade en partant du fleuve, la tête dans les épaules, des rues dépeuplées et populaires jusqu'au parc à touristes de la place du Tertre. Les herbes entre les pavés disjoints, les arbres inodores jusqu'à la rue Saint-Vincent. Le banc inconfortable face au Lapin, les *Romances sans paroles* sous le bras. Arriver là et ne plus savoir ce qu'on est venu y faire. La bohème a vécu, il ne reste que les herbes folles, les traverses usées et les rampes rouillées.

Le week-end, il désertait les trains de banlieue. La lumière claire des samedis matins tombait sur des visages de famille, la mère et la fille, le père bedonnant et l'enfant heureux. Tous ces gens allaient quelque part, ensemble, et c'est bien ce qu'il y a de plus dur, pas besoin de savoir où, ça se voit, ils le savent, et qu'importe l'arrivée c'est le chemin fait à deux, à trois ou quatre.

Certains soirs il faisait bon sortir, mais les mains dans les poches, le pas lent et lourd, un Balzac de Rodin, les yeux fixes, il allait s'enterrer au fond d'un bar, avec une bière et un paquet de cigarettes. Oréon à côté murmurait : « l'histoire de Job nous enseigne une chose que les stoïciens ont sans doute appréciée : l'homme est perdu s'il est attaché. Enseignement christique : celui qui veut sauver sa vie la perdra. Problème : s'il est facile de se défaire, c'est que nous ne sommes pas vraiment attachés. Cercle vicieux, nœud du verrou : celui qui est attaché c'est celui qui ne peut pas se défaire, c'est celui qui est perdu, car aucune catharsis ne lui est possible. Ce qui ne tue pas ne fait pas mal, vaste connerie ces ascètes. »

Et lui écrivait. Mais il ne parlait pas. Les seuls mots sortaient de sa gorge sèche et irritée quand il fredonnait un vieil air ressurgi juste avant le réveil ou par association d'idée avec une station de métro. Ce bistrot était le dernier routier de la ville, un bar à piliers, les conversations étaient toujours édifiantes et les serveuses aimables. On se serait cru dans les années 60, à quelques pas des trajectoires quotidiennes de la rue du Havre, avec le formica derrière le comptoir et sur les tables bleu-gris marbré, les chaises en bois rond, les nappes vichy rouges. Pas de radio nostalgique, rien de rétro dans la déco, tout était d'origine. Les visages semblaient connus depuis vingt ans, les regards torves, les voix grasses, les barbes hirsutes. Rien de choquant à voir des Gitanes maïs, des parkas sur chemises de bûcheron, un monde tenait là, les histoires mêlaient les plus grands aux plus miséreux, un neveu travaillait toujours pour un ministère ou pour l'armée, un absent se retrouvait souvent en coma éthylique sur le palier de sa concierge.

La tête dans les brumes, il partait tôt, marchait vers la périphérie, et se retrouvait dans des rues de villes aux noms de gares de proche banlieue. Les hauts quartiers de peine au ras du sol, des immeubles en brique rouge jointés de gris longeaient les voies ferrées, les cours et les jardins étaient vides et clairs, on ne pouvait pas penser à autre chose qu'à l'origine en voyant cohabiter des immeubles neufs avec des pavillons en pierre meulière. Ça sent la nostalgie d'anciens nouveaux quartiers, les fins de matinée embaument les repas mitonnés par les grand-mères. De vieilles enseignes ternes rappellent l'existence lointaine d'un boucher ou d'une mercerie. Il y a deux ou trois générations dans ces rues fières mais discrètes, ce n'est déjà plus la ville, c'est la campagne en exil urbain.

Grand vague

Ce serait doux quand même de la sentir contre moi, d'être contre elle dans des draps chauds, quelque chose de doux et chaud, voilà.

Je ne sens plus mes orteils, il fait froid ce matin. Je trouve l'air agressif, ça ne me ressemble pas, j'ai plutôt l'habitude de l'aimer le matin, bien vif, je le trouve doux d'habitude, même froid. Un joli froid d'habitude, là j'ai l'impression qu'il en veut à mes poumons, trop pur, ça m'agresse les miasmes.

Et puis le crâne c'est quelque chose, une véritable usine, je n'ai que ça qui chauffe, mon bide c'est un marais glacé. Les intestins ça ne supporte pas. Je n'ai pas tenu longtemps hier avec mon jaja des bas coteaux, une horreur, mais ça réchauffe un peu.

Il est beau cet Opéra quand même dans la lumière du matin, je ne sens plus que mon crâne mais ça me fait toujours plaisir de le retrouver toujours au même endroit à briller et trôner comme ça au bout de son avenue comme un monarque bien gras enturbanné et brocardé. Ses victoires dorées et sa muse sur son crâne, une lyre sur une émeraude, soyons lyrique. C'est beau avec le soleil en plein, pleine face, autour c'est gelé dans les encaissements mais devant ça réchauffe, ça fait du bien.

Et puis tous ces cons pressés qui se bouffent le nez, ils ne s'arrêtent jamais. Hier c'était sympa le Louvre, mais on n'en tire pas grand-chose des touristes, des autres non plus, d'ailleurs. Sourire gêné, indifférence, répugnance, violence... Je ne leur en veux pas, j'ai été comme eux, la montre en compte à rebours, les week-ends en courts intercalaires, l'oreiller salvateur, le réveil incarné en pire ennemi. Je ne les insulte pas dans le métro comme les autres, j'ai partagé leurs vies, même si je ne suis pas de chez eux, en quelque sorte. Mais bon, j'ai besoin d'eux quand même, ou plutôt de leur pitié. C'est bizarre, je n'ai jamais eu peur d'être pris en pitié, mon reste d'orgueil consiste à leur faire peur, c'est moche, mais je préfère ça à la pitié, je dois être dégueulasse pour n'être que ça.

C'était bien le Louvre, le soir en clair obscur le pavillon Richelieu c'est extra. Les Tuileries aussi, après. J'ai pris l'air près de l'Orangerie, je crois même que j'ai dormi, je ne sais plus très bien. Des gamins jouaient au foot et puis ils n'étaient plus là, j'avais trois brindilles sur les genoux. Il faisait froid quand même, je ne sentais plus mes doigts. Je le sens quand on passe sous zéro, je sens l'odeur de la neige, c'est comme un goût dans le nez. Je me suis baladé sur les quais aussi, ce doit être le seul endroit qu'on n'ait pas arpenté tous les deux, on a bien usé des ponts mais rien dans les hallages. Ça n'existe plus ça, on ne sait plus trop quoi en faire de ces quais, c'est beau, c'est doux, sous les ponts ça pue mais sinon c'est bien, pas d'échoppe, pas d'espace publicitaire, une vraie friche urbaine. Les remous de la Seine m'inspirent, mais j'ai assez froid comme ça.

Ah ce temps ! Le temps ça sert à rien d'en parler mais quand on commence à le sentir ce putain de temps c'est qu'il y a quelque chose qui foire. Je me souviens comment ça me tombait comme une pierre en plus à chaque jour supplémentaire quand il fallait dater les feuilles de rapport. Il y avait toujours quelque chose à dater, et avec dix chiffres on ne se répète jamais.

Et ce froid bon sang ! Les cafés sentent bon, les boulangeries je les renifle à deux rues, ça me tord la boyasse, ça me sert l'aorte ces machins-là. Je me retrouve d'un coup des dimanches matin sous la couette, la lumière par la fenêtre et c'est chaud et c'est doux, on était bien. Le temps, ce putain de temps, je lui ai tourné le dos, il ne me reverra plus, qu'il s'arrange avec le climat pour le coup de grâce, je n'attends rien.

Belle ère glaciaire, vraiment, même fouchtra je vois bien qu'elle est là, elle se glisse dans le duvet et je lui fais une place dans le peu de 37° qu'il me reste.

J'ai faim.

Je pourrais aller au Luxembourg aujourd'hui, ou Monceau, j'aurai mal à la nostalgie, mais je serai tranquille. Ce qu'ils sont bruyants avec leurs engins. Ou le Jardin des Plantes, c'est mieux, j'ai un bon feeling avec les wapitis, ils me font rire à être stressés et étonnés pour un rien. Avec ma blase ça fait une moyenne.

Depuis combien de temps je n'ai pas parlé ? J'ai l'impression d'avoir les lèvres soudées. Mes dents déchaussent, j'ai les ongles noirs et les mains calleuses, la barbe m'arrive aux yeux, je ne me vois même pas dans les reflets des vitrines. Je sens encore une bonne partie de mon corps, mais je vois bien qu'il s'efface. On n'a jamais été ennemis, tous les deux, mon corps et moi, alors je m'efface avec lui. Quand il me fallait un second souffle je l'avais, quand il était fatigué je dormais, je ne me suis jamais retenu d'une envie pressante. On s'est poussé loin tous les deux, jusque-là, et on est encore debout ! Je ne cours plus, ça fait longtemps, parfois je marche sans rien sentir, j'ai les yeux fixes, ça turbine sous le bonnet, et je me rends compte de là où je suis, ça fait cinq minutes que je fixe le Pont Neuf au loin, et il est vraiment loin, mes jambes ne me portent plus, et puis j'arrive, et je m'allonge au-dessus du Vert-Galant.

Ce qui me manque, c'est son corps, ce serait doux quand même, sa joue, ses baisers, ses bras, ce serait bien.

Hier, dans le métro, quelqu'un lui ressemblait, alors j'ai essayé d'avoir un peu de tenue. Elle lisait un truc, je n'ai vu que le titre : « Passer l'hiver. » Bravo ! C'est exactement ce qu'on essaye tous de faire ! Et le printemps c'est comme l'horizon, une sagesse météorologique, après la pluie le beau temps, quelque chose dont on peut être sûrs, les saisons se suivent et jamais ne reviennent, n'est-ce pas ?

Je me suis plaint à voix haute d'une odeur qui ne me lâchait pas depuis un moment, Paris sentait la sueur, la vinasse et le sang séché.

« C'est infect cette pestilence clocharde ! »

Elle s'est penchée à demi et m'a dit : « c'est vous. »

Cosmogonie

Une nuit, les rideaux tirés et dans un noir de cave, proche du Chaos et de l'Ether, la porte de ma chambre s'est ouverte. Une lumière douce, prune, a ouvert l'espace.

« Mon ange. »

Plus qu'une musique, une note douce puis un chant de soupirs et de gestes, les draps et les vêtements froissés sont devenus mon monde, pour la première fois ils existaient par le souffle d'un corps qui n'est pas le mien, une présence prête à disparaître et pourtant si là.

« Mon trésor. »

Comme Ouranos et Gaïa ont donné vie aux Titans, aux Titanides, aux Cyclopes et aux Hécatonchires, aux Géants et aux nymphes, aux rivières et au Tartare, aux montagnes et à la mer, comme le Ciel et la Terre ont enfanté l'univers en se séparant, un big bang et une vie ont vibré quand nous nous sommes touchés.

« Doudou. »

À présent mon monde est là : dormir entre ses hanches, la tête sur son ventre, fourrer mon nez dans son cou, dans son décolleté, dans ses mains. La tenir au creux de mon bras comme un petit enfant. La sentir libre contre moi ne plus être polie. Le monde est là, la fenêtre en est l'œil discret et voilé, dans un repli de la ville étoilée.

Fermer les yeux, sentir une larme perler et rêver d'un pour toujours.

Et ces mots qui ne sont plus des articulations logiques mais de l'amour expiré, ces mots à nous, ses mots à elle qui me surprennent toujours, mes mots à moi qui sont tout ce que j'ai et qui sont à elle. Ce qui ne se dit qu'une fois et pour toujours et que nous avons peur de perdre, cette note sans partition à mon oreille.

Fermer les yeux, sentir une larme perler et rêver d'un pour toujours.

Il n'y aura plus d'angle droit, plus d'arête vive, la géométrie sera celle de nos yeux qui clignent l'un sur l'autre pour toujours se retrouver, nos fronts collés.

Fermer les yeux, sentir une larme perler et s'aimer pour toujours.

Remerciements

Un œil musical aura peut-être vu passer Billy Joel, Richard Davies, Dick Annegarn Jean-Sébastien Bach, Dave Matthews, Dave Douglas, Dominique Ané, Chan Marshall, Claude Debussy, Rufus Wainwright, Fiona Apple, les comptines anglaises, Matthieu Boogaerts, Sting, Gary Moore, Murray Head, Piotr Ilitch Tchaikovksi, Sophie Moleta. Je leur rends hommage pour avoir été la bande-son de ma vie, et des amis.

Merci à Paris et sa banlieue, où je suis né, où j'ai grandi, où j'ai tant appris.

Songs for Laura

L.A.U.R.A

Laura a fière allure avec son aura
Laura en démesure elle sait qu'elle m'aura

Elle a eu raison de ma raison
Éraflé aux desiderata
Elle a… elle aura

Dis-moi, moi petit char, double-doux dans ton cou
Viens là, dis viens par là, fais le monde entre nous

Elle a eu raison de ma raison
Éraflé aux desiderata
Elle a… elle aura

Laura ne touche pas à tes cheveux défaits
Tu es belle, tu es belle comme ça, même si ça te déplaît

Elle a eu raison de ma raison
Éraflé aux desiderata
Elle a… elle aura

Tu as mis le souk dans mes mots
J'aligne les notes et je chante faux
J'écluse les Quick et les McDo
Je tais mes potes et je te dis tout haut

Laura a fière allure avec son aura
Laura en démesure elle sait qu'elle m'aura

Elle a eu raison de ma raison
Éraflé aux desiderata
Elle a… elle aura

Laura a fière allure, de l'or dans ses yeux
Laura en mille césures elle m'aura... amoureux
Amoureux... amoureux

Marin élu

Comme un océan généreux
Qui accueille toujours ma barque
Redevenant orageux
Aussitôt que je débarque

Roule… sur moi
Roule ta houle sur moi

Sur la mer profonde toute bleue
Aucun bateau ne laisse de marque
Tous les sillons silencieux
S'effacent sans le moindre couac

Roule… sur moi, roule ta houle sur moi

Elle porte en elle des êtres mystérieux
Tous les monstres marins en vrac
Et quand ils pointent leurs nez aux cieux
Le moindre navire qui passe… et crac

Et crac…

Le soir à l'abri dans mon sac
J'entends sa voix lointaine roulant du feu
Elle gronde contre l'écume du ressac
Son onde d'une once devance mes vœux

Elle roule… sur moi.
Roule ta houle sur moi.

Roule   ta houle sur moi…

1ᵉʳ mars

Le froid me picote le nez
Ce soir de ma fenêtre je vois la neige tomber
Je sens la chaleur monter
De la fée électricité
Dans la fenêtre mon reflet
Celui que je voulais

Petit pull et neige muette
Les toits blancs dessous ma couette
Le premier mars ressemble à une nuit de Noël
Les mots dansent dans ma tête ce sont ceux d'une belle

Une belle poète aujourd'hui née
Elle est loin de moi et ça me picote le nez

Le premier mars ressemble à une nuit de Noël
Les mots dansent dans ma tête ce sont ceux d'une belle
Ses mots font sens, du mal à la panse,
Ses mots font sens et les flocons dansent

Une belle poète aujourd'hui née
Deux ans avant moi et une journée
Elle est loin de moi et ça me picote le nez

C'est bien la peine de se sentir décalé
Et de ne pas pouvoir le partager
Les mots se mêlent aux idées
Et fondent en face sur la chaussée

Warrior

Je voudrais être un guerrier
Un esclave, ça, je peux pas
Un soldat expérimenté
Gagnant sa liberté au combat

Je dors avec ma guitare
En secret, au creux du noir
Indigne de ces cœurs
Ces envolées de douleur
Les mots battus jusqu'au haut-le-cœur
Les mots convenus mais qui affleurent

Si j'écrivais mes mémoires
En Une, fumant le cigare
J'exhalerais les vapeurs
De la sueur d'un vieux gladiateur
J'ai couru et ça m'écœure
Mis à nu devant mes peurs

Je ne crains plus les miroirs
Je reflète par milliards
Les appels à une grande sœur
Qui m'a préféré le malheur
Dans les nues c'est ma lueur
Mise à nu, elle pleut ses pleurs

Je vais reprendre ma guitare
Pour chasser mes idées noires
À flots de petits chœurs
À fleur de douleur
Les mots convenus et les haut-le-cœur
Les rebattus mais qui affleurent

Je ne ferai pas de mémoire
D'auto-bio sur mon cigare
Où fument les vapeurs
Des gros bras d'un vieux gladiateur
Mis à nu je sais j'écœure
J'ai couru après mes peurs

Mes lois et mes miroirs
Se brisent par milliards
Contre l'eau d'une grande sœur
Droite dans le malheur
Mise à nu c'est ma lueur
Dans les nues elle pleut ses pleurs

Normandie

L'air est lourd, mon amour,
Je m'en vais, mais sans procès
Loin de toi, du bois derrière chez toi
Quatre jours, ce n'est pas si court que ça

Normandie, entre amis,
De longue date, jeux de cartes
On vieillit, de bonne heure au lit,
Je t'écris, sans répit

Mais clac, tu ne reçois pas mes cartes

L'océan, bien trop grand,
Étale, ses langues de sable
Dans les dunes, sous la lune,
Tu pourrais te lover dans mon pull qui est resté chez toi

Mais clac, tu ne reçois pas mes cartes

La mer, s'indiffère
Et les mouettes se rient de moi
Elles profèrent, sur un ton amer,
Pleure-moi une rivière et je verrai ce que je peux faire pour toi

Ce mardi, sous la pluie,
Retour inquiet, mais sans procès
Mercredi, voilà tes peurs et mes sueurs puis mes pleurs et le bonheur de ta voix…

Prayer

On Sunday morning in my grey city
I dream of my Limousin that I can't sing that I can't see.
I wonder if I could be happy here

So please, help me

I sing along my love to the place
I can't use my tongue, I just can't say it in French
Or I would be ridiculous

So please, help me

I think about little houses and farms on the hills
And beautiful landscapes, I'd'like to be a part of it
I'd like to be a part of it

So please, help me

I think about my friend who's still living there
He drives his truck everyday and I know if he's happy then
I wonder, if he could be happy there

So please, help him

Oh Lord I love a girl, she's the reason why I'm alive
I can't make my words work to have her hand laying in mine
I'd like to show her the heaven of my mind

So please, help us

So here is my prayer, cos I cannot make up my mind
I live in this heathen world and I no more see your light
I wonder if I could be happy here

So please, help me

Rêver de pagaille

Assez joué ou pas assez joué, à regarder
Ces foyers si bien rangés, à rêver
Nous, on y mettrait ce qui est à nous
Et rien de plus, ma tête sur tes genoux

Assez joué non pas assez joué, à s'aimer,
Après tout ce n'est pas un jeu, je suis sérieux
Mais si loin, si près,
Si loin si près, si bien, tous les deux

Assez joué non pas assez joué, à s'aimer,
Le papa et la maman, sommes-nous trop grands ?
Un petit enfant, tout comme nous,
Un petit creux charmant, sur sa joue

La rue m'envoie des rires des pleurs des cris des chants,
Ici le silence glisse, et le temps…
Ces jours qui sont à nous
Rien de plus, ma tête sur tes genoux

Ces doutes que faut-il pour qu'ils partent ?
Se négocient-ils en tours de cartes ?

Voilà la vie voilà le monde, et dis-moi ?
Voudrais-tu habiter juste là,
Entre le chaos de mes dix doigts ?
J'en ferais un mur et un toit.

On y mettra ce qui est à nous
Nos folies et ma tête sur tes genoux
Des peluches et tout un fatras
De l'encre, des pages, juste ça.

Berceuse lointaine

Debout, relève-toi,
Encore une fois, je sais ça fait beaucoup
Debout, relève-toi,
Je sais ça fait beaucoup mais encore une fois

J'aime une surprise, une inquiétude,
Un lot de doutes
Mais j'aime une femme, une certitude,
Je le sais je l'ai tenue dans mes bras, et pas qu'une fois

Debout, relève-toi,
Encore une fois, je sais ça fait beaucoup
Debout, relève-toi,
Je sais ça fait beaucoup mais encore une fois

Je scotche devant la télé,
Je la regarde hébété, sans le son
Tout un tas de programmes stupides
Qui ne me font même plus réagir

Les calendriers me font mal,
Les couples me font mal,
Les enfants me font mal,
Les vieux me font mal, la vie me fait mal parfois

Debout, relève-toi,
Encore une fois, je sais ça fait beaucoup
Debout, relève-toi,
Je sais ça fait beaucoup mais appelle-moi

Et nos pleurs séparés
Font de nos larmes des cœurs rentrés

C'est con, c'est con de s'aimer,
J'attends, je t'attends, je fais le guet

Et toi contre moi,
Encore une fois, et pour toujours
Et moi contre toi
Et pas qu'une fois, mais tous les jours

Et comme le soleil se couche,
Fais ton lit, couche-toi
Je serai sur ta bouche,
Souris, endors-toi… je suis là

Ton absence

Paris s'effrite en mesure
J'égraine ses mites, ses fissures
L'inventaire des rues solitaires
S'allonge et prolonge mon hiver

Le printemps tarde à venir
Procrastiner y a pas pire
Quand l'élan du cœur ne plie pas
Sans rencontrer une couleur qui me changerait ça

À quand le plein de tes fleurs ?
À quand ton sourire, ton odeur ?
À quand le creux bien connu ?
Tant voulu, attendu, attendu

Mon corps s'esseule dans son coin
Aliéné s'aliène dans le rien
J'égraine ses mites, ses fissures,
Le triture, le secoue en mesure

Mon lit s'effrite en solitaire
S'allonge et prolonge ma misère
Ton absence s'installe sans rien dire
Creuse dans l'habitude, y a pas pire

À quand le plein de tes fleurs ?
À quand ton sourire, ton odeur ?
À quand le creux bien connu ?
Tant voulu, attendu, attendu

Blues

My sheets can't stand the smell of my illness
It's awful
I am blue I can't stand to carrie this pain
It's too painful

I miss you I do, I do
And I no more can live in this town
I miss you I do, I do
And I no more lie… to myself

I pray every night at the feet of my bed
My hands close to my heart
My eyes to the sky throught the glass of my flat
I repeat my psalms

I miss you I do, I do
And I no more can live in this town
I miss you I do, I do
And I no more lie… to myself

I ask for the peace I ask for the force
I ask for the good
I have to do it again and again
Redemption doesn't last forever

I miss you I do, I do
And I no more can live in this town
I miss you I do, I do
And I no more lie… to myself

I stay alone with my tears I stay alone
With my doubts

At dawn I don't know how at dawn I don't know how
To ask for your life

I miss you I do, I do
And I no more can live in this town
I miss you I do, I do
And I no more live… with myself

Memento mori

Dis-moi comment on s'explique
À la morale sans âme ?
Je veux parler des flics
Avec ou sans leurs armes.
Faut-il que je m'explicite
Tout en gardant mon calme
D'un méfait atypique,
Sans raison valable ?

J'étais dans le train, triste sur les rails,
Je pensais à demain, parti en feu de paille.
À l'arrêt prochain avant que je déraille
Montent deux gamins buvant l'amour à la paille

Je la vois en eux
La peur dans leurs yeux
Je suis…
Un memento mori

De derrière ses lunettes, elle me regarde,
Une jeune brunette, sans vraiment de charme,
Sans un mot elle me sourit pour me dire vas-y souris
Mais mes yeux la rejettent et elle sent monter ses larmes

Je ne vois que lui, hautain et réservé
Et il tient contre lui une planche à repasser
Signe d'intérieur accompli rejetant le passé,
Fier bien fier de lui mais voyant mes mâchoires serrées

Je la vois en eux
La peur dans leurs yeux
Je suis…

Un memento mori

Ta peau blanche recouvre mes songes
Et mord en décembre
Je ne supporte plus ces vues qui rongent
Et ces gestes tendres

Alors qu'on ne s'étonne pas qu'à l'arrêt suivant
J'arrache de ses bras sans desserrer les dents
L'objet de mes tracas la planche des sentiments
Que je fracasse sur le quai
Et ils n'ont pas bougé
Les yeux écarquillés
Découvrant le péché
D'une âme sans reproche
Ses rêches au fond des poches
Proche d'avoir fini
Si tu n'as pas compris
Dis-toi
Quand tu me verras
Que je suis…
Un memento mori

Mon beau sapin

Je suis né dans une vallée arrosée par la Vienne
J'ai grandi près des futaies de mes rois et reines
Je suis un sapin de fin d'année
De ceux qui durent de décembre à mi-janvier
Toujours le même poussé en une semaine
Sur les trottoirs des marchands de graine

Celui qui m'a acheté un soir, un peu tard
M'a ramené chez lui sur son épaule il ne murmurait qu'à moi
Il disait :
« Tu es mon deuxième je suis bien fier, voyons,
Je te fais un souhait un cœur tout chaud dans ma maison,
Car vois-tu ici à la Nativité il n'y a pas de cadeaux
Pas d'enfants qui crient, ni d'invités, à peine le ronron du chauffe-eau.
Voilà je compte sur toi pour la joie dans ma maison,
Aide-moi un p'tit peu s'il te plaît, fais-moi ce don. »

Alors tout décoré de boules et de guirlandes du Bon Marché,
J'ai consulté mes semblables je vous jure entre épicéas, ça se fait.
Je lui ai accordé un sursis
Et le reste dépend d'elle, de lui

Puis un soir la porte d'entrée a sonné,
La voix d'une jeune fille qui ne voulait pas entrer,

Je ne suis pas le gros de la cheminée je ne sais même pas si ça a marché
Toujours est-il qu'à une de mes branches pend un Porcinet
Tout petit.

Une sieste

Une sieste
Une sieste, mais pas tout seul
Je ne dors pas
Je ne dors pas, pas tout seul

Et tes bras autour de moi
Je dors, tu es là
Dis tu restes ? Tu restes là ?
Tu pars ? Je ne dors pas.

Silence
Silence, la rue se tait
Une sieste
Une sieste, j'en rêvais

On les entend au loin
J'y pense, je suis bien
Ton souffle dans ma main
Ils bossent, je ne pense à rien

Nos gestes
Nos gestes, se tiennent cois
On ne bouge pas
Ou presque pas, on reste là

Et dehors, le jour s'affaisse,
Tu dors, la lumière baisse,
Contre ton corps, contre tes fesses,
Je dors

Allongé dans la neige

Comme un arbre tombe, je reposerai
Entre les tombes d'une roseraie
Dans le froid de décembre
Entre le ciel et moi monte le silence
Je dors, je dors

J'ai perdu en cours de route un être cher
Une clochette de lila, une rose de primevère
La pollution fut notre mort
Les hydrocarbures nous font du tort
Je dors, je dors

Laissez-moi dormir, j'attends la neige
Laissez-moi dormir, je vis dans mon rêve

Dans mes songes et mes pensées, le flou de mes buées
Sur la terre cabossée des herbes trempées
Un merle s'attarde dans les taches d'or
Le nez dans les mousses, vivant du dehors
Je dors, je dors

À présent tout est calme et reposé,
Le soleil se farde de zéro degré,
Et jette un voile sur le bois des âmes,
Immobiles, ensemble, tristes et calmes
Je dors, je dors

Laissez-moi dormir, j'attends la neige
Laissez-moi dormir, je vis dans mon rêve

L'air n'existe plus, le ciel est infini,
Le soir au bout des rues, le village endormi.

Dans les draps, sous la lampe, j'entends la cloche fêlée,
Un glas dans la soupente, mon coeur ainsi planté
Je dors, je dors

Comme un arbre tombe, je reposerai
Entre les tombes d'une roseraie
Dans le froid de décembre
Entre le ciel et moi monte le silence
Je dors, je dors

Un copain d'un copain

Un copain d'un copain et qui connaît un gars
Connaît un Sébastien que je ne connais pas
S'il a entendu comme on entend parfois
Le nom d'un inconnu, il ne s'en souvient pas

Et c'est mon cas je crois parce que cet inconnu
Lui qui connaît un gars, je ne l'ai jamais vu
Pourtant ce Sébastien, que je ne connais pas,
Je connais son nom, tiens, je ne retiens que ça…

Un copain d'un copain et qui connaît un gars…

Mais si on me demande la nature de son être
S'il s'est mis à l'amende des péchés à connaître
Et si on me demande s'il est bon ou bien traître
Je n'aurais rien à vendre, ce ne sont que des lettres

Et moi je veux apprendre à ne retenir rien
Parce que mon ourse tendre en a plein ras les reins
Elle ne veut plus entendre un seul nom de pékin
Sinon je pourrais rendre mon arrogance de nain…

Un copain d'un copain et qui connaît un gars

Il n'y a rien à attendre des name-drops delermiens
Si ce n'est une calende emboutie par un train
Mais ce n'est pas facile quand on aime le tricot
En stoïque débile toujours nommer le mot

Vouloir faire dans son style comme on fait du gigot
Ou comme déjà servile et vomir son cerveau

Mimer les maux des files d'attente c'est beaucoup trop
Si ma conscience vile ne mime vraiment rien d'autre...

Un copain d'un copain et qui connaît un gars...

Tes couettes

Si je t'avais connue à l'âge de tes couettes
Pas sûr que t'aurais voulu câliner mes flipettes
Taciturne et bourru, par la fenêtre ouverte
Jamais je n'aurais cru t'aimer, en fait

Moi je voulais faire pleurer, tu voulais faire rire
Aujourd'hui les yeux mouillés, reconnais-tu mon sourire ?
Tu m'as manqué, tu m'as fait fuir,
Les années ont passé et tout est à construire

Et dis le croirais-tu ? Je suis une midinette
Dans les p'tits bals perdus, je n'aime que la fête
Petit j'étais foutu, je ne faisais que la tête
De l'amant éperdu et rien sous la braguette

Comme toi j'écrivais et les nuits sans dormir
Sous les draps nos papiers commençaient à noircir
M'aurais-tu aimé ? Qu'aurais-je bien pu écrire ?
Tout ce temps est passé, et tout est à se dire.

Je sais c'est convenu, cette image qui nous guette,
Pour moi c'est révolu, mais toi encore inquiète,
Des dangers encourus, la fenêtre ouverte
À vivre l'inconnu, à vivre, à être.

Serre-toi plus près, je veux t'entendre me dire
Qu'à moi seul tu remets la charge de te faire rire
Cela je le promets, le meilleur et le pire
Maintenant on se connaît et tout est à écrire.

L'Ourse

Il y a peu de choses dans la vie d'un homme
Pour qu'il reste vivre parmi les siens
Louons donc l'esprit du trappeur
Qui vit en bon Nord-Américain

Il méprise les foules hurlantes
Et l'appât de l'or amérindien
Il fuit les autoroutes brûlantes
Et les cris du réveil matin

Méfiez-vous de la banquise, méfiez-vous
Quand elle fond et lâche prise sous les garde-fous.

Dans sa cahute là-haut au Nord
Des étendues de l'Alaska
Sur le poêle fumait un ragout
Ranci des restes d'un rata

Quand soudain un cri au Nord encore
Lui fit dédaigner son plat
C'était un cri trop fort
Pour pouvoir rester là

Méfiez-vous de la banquise, méfiez-vous
Quand elle fond et lâche prise sous les garde-fous.

C'était le cri déchirant
D'un être seul au monde
D'une ourse polaire blanche
Jusqu'aux dents qui grondent

Et le trappeur intéressé encartouché de fonte

Avait le plantigrade déjà bien à lui sans faconde

Mais la peau de l'ourse pour lui n'a pas de prix
Et la sienne n'est pas à vendredi

Voilà l'histoire de l'oursonne qui trouva son homme
Les solitaires enfin accompagnés sur cette terre

Une terre froide où se réchauffent les coeurs
Quand l'ourse polaire trouve enfin son trappeur

Catilina

À toi, ma Catilina
Mon affaire mon cas
De bon droit

Oublie le goût de la vie
Car ma plaidoirie
Ne va pas

J'écris ce qui est permis
De dire à autrui
Sans débat

Mais vois mon bel embarras
Mon affaire mon cas
Qui s'en va

Se casse en cour de cass'
Assise à la place
De ma foi

Je chasse, je cherche sans relâche
Je tente la relax
Qu'on te relâche

Je plaide et je demande pardon
Je suis le remède autant que le poison
Tu es mon cachet mon bouton ma ventoline
Ma pharmacie mon poison et mon remède
Tu es mon décret ma liaison clandestine
Ma pharmacie mon poison et mon remède

T'en prends pour 25 ans

Sans aménagement
D'ici là

Perpète c'est plutôt honnête
Si ton seul roommate
C'est moi

Rejette, mets aux oubliettes
Les douleurs inquiètes
De qui croit

Mais sens au fond de ton sang
Si tes globules blancs
Restent là.

À la barre, avocats du rare
Du rire et du tard
Mais toujours là

Sans fard et sans code-barre
Je reconnais les faits
J'ai tort.

Diphtongue et Hiatus

C'est la deuxième fois que je pleure de joie
Je n'avais jamais ressenti ça
Et je peux dire que je suis fier
De dire que je suis à nouveau père

Je te l'avais dit et tu l'as fait
J'étais là mais toute seule, tu l'as fait
Je n'avais jamais vu ça, une femme
C'est facile à dire, mais faut le faire

Diphtongue et Hiatus ça fera du monde dans le bus
On s'en fout on ira jusqu'au terminus
Louise et Diane, j'affrète l'aéroplane
On ira jusqu'à Manhattan,
Enfin si on veut

Je regarde derrière moi et tout est bleu
L'oubli coule dans les cieux
Nouvelle ère, premier âge,
Tout ira toujours mieux

Diphtongue et Hiatus ça fera du monde dans le bus
On s'en fout on ira jusqu'au terminus
Louise et Diane, j'affrète l'aéroplane
On ira jusqu'à Manhattan,
Enfin si on veut

Enfin tous réunis ça fait Papa, Maman, Louise et Diane
Le poids s'alourdit sur le dos de nos mânes
Une frange blonde ici, une mèche brune là,
Mais ça nous vient de qui tout ça ?

Diphtongue et Hiatus ça fera du monde dans le bus
On s'en fout on ira jusqu'au terminus
Louise et Diane, j'affrète l'aéroplane
On ira jusqu'à Manhattan,
Enfin si on veut

Table des matières

Et puis marcher..5
   Piano Man..9
   Matin..11
   It's a hard world..12
   Le rêve américain.....................................14
   Suite n°1 en Sol majeur (Praeludium).........17
   Dans le passage couvert............................19
   Typical situation.......................................21
   Chevalier de la foi....................................22
   Charms of the night sky..........................23
   Perdre pied, tomber amoureux...................26
   The Little Negro.......................................28
   L'appartement..30
   Goodbye Stranger.....................................32
   Normandie...34
   In a Graveyard..37
   Conte de l'ermite.......................................39
   J'sais pas où t'es parti...............................42
   La volonté d'énoncer................................44
   English Man in New York........................46
   Et puis s'écrouler.......................................49
   Never is a promise....................................52
   Parole sans musique.................................54
   La table à repasser....................................55
   Spontané...57
   Néant sous le soleil..................................59
   Grand vague..63

Cosmogonie..67
Remerciements..69
Songs for Laura..70
L.A.U.R.A..71
Marin élu..73
1er mars..74
Warrior..75
Normandie...77
Prayer..78
Rêver de pagaille..80
Berceuse lointaine..81
Ton absence...83
Blues..84
Memento mori...86
Mon beau sapin..88
Une sieste..90
Allongé dans la neige..................................91
Un copain d'un copain................................93
Tes couettes...95
L'Ourse..96
Catilina..98
Diphtongue et Hiatus................................100